T0146796

Mi Campo Soñado

Mi Campo Soñado

Consuelo Zuluaga

Número de Control de la Biblioteca del Congreso de EE. UU.:   2019917386
ISBN: Tapa Dura   978-1-5065-3062-8
                  Tapa Blanda   978-1-5065-3061-1
                  Libro Electrónico   978-1-5065-3060-4

Información de la imprenta disponible en la última página.

Fecha de revisión: 27/11/2019

Para realizar pedidos de este libro, contacte con:
Palibrio
1663 Liberty Drive, Suite 200
Bloomington, IN 47403
Gratis desde EE. UU. al 877.407.5847
Gratis desde México al 01.800.288.2243
Gratis desde España al 900.866.949
Desde otro país al +1.812.671.9757
Fax: 01.812.355.1576
ventas@palibrio.com
804496

Índice

A la memoria de mi madre,
Ana Mariela Gil "Vicky y
de mi sobrino Andrés Jiménez

A toda mi familia que me dan
su amor, cariño y comprensión.

A todas mis amistades que han sido
tan especiales y sinceras conmigo

Mi Campo Soñado

He aquí una historia de vida que cuenta la lucha de personas que desean subsistir día a día con su trabajo, hidalguía, devoción y amor. Creo que posee las cuatro virtudes que se necesitan para alcanzar el éxito y la felicidad.

Familias campesinas que comienzan su labor temprano y terminan al ocultarse el sol, que no sienten cansancio para trabajar con el azadón, la pica, la barra o la pala. El amor y la unión no los deja desfallecer en el duro trabajo del campo y Dios ha provisto la tierra de tanta riqueza, tanta hermosura y maravilla que ellos agradecen su bondad y su amor, trabajando cada día más y más.

El campo es donde se unen la tierra y el cielo, el rio y las plantas, el hombre y los animales. Es el lugar donde se siente la fuerza de la naturaleza, el inmenso y poderoso sol, las cristalinas aguas de los arroyuelos, la fragancia de las flores, los pájaros que alcanzan con su vuelo el infinito cielo azul y la riqueza obtenida gracias al trabajo del campesino.

Capítulo 1

El susurro del viento frio que entraba al anochecer, despejaba el aroma del café recién colado. El canto de los grillos, el paso de las luciérnagas y el sonido melodioso de la típica guitarra de don Martín eran nuestros compañeros esa noche.

Sentados en butacas de madera en el corredor esperábamos impacientes a Andrés, mi hermano menor.

-¿Qué melodía quieren que toque? -exclamó don Martín.

¡El buen don Martín!, que nos había acompañado durante tantos años después de la muerte de papá.

María Tránsito, mi madre, hizo un gesto de asombro:

-¡No puede ser! Acabo de acordarme que no he remojado el maíz para las arepas de mañana. Permiso ahora vuelvo.

Se compuso el saco, se abotonó y se perdió por el corredor de macana. Era una mujer muy saludable y robusta, con sus cabellos de plata, muy trabajadora y sobre todo la mejor madre de la tierra.

-Toque El Aguacate don Martín, me fascina. - ¡exclamé!

- Eso me recuerda a una persona.- dijo Margarita, mi hermana menor.

_ ¿A quién?

-A un joven que conocí en las fiestas de Pascuas del año pasado. Venía de muy lejos y cantaba en la plaza de la iglesia y cuando terminaba la canción todos le aplaudíamos y le dábamos una moneda.

-Bueno, es mejor ir a descansar, mañana hay que madrugar.

-Que descanse don Martín, dijimos las dos.

Un trote de caballos se empezó a oír no muy lejos. Lucas, Pepe y Condesa, mis perros favoritos, empezaron a ladrar.

-¡So! Caballo.- exclamó Juan.

Juan era el mayor, alto, arrogante y chalán y Jesús el menor.

Llevaron los caballos a su pesebrera les quitaron el freno y la montura. Les dieron agua y un poco de salvado.

Volvían sudorosos y cansados.

Me fui a la cocina donde mamá remojaba el maíz en una gran olla y en otra lo cocinaba en la estufa de leña.

-Mamá ya llegaron los muchachos.

-¿Y Andrés también llegó?

-Él no. A lo mejor se queda, como la otra noche, pero no te preocupes ya aparecerá.

-Buenas noches ¿cómo están? – gritó Jesús. Era muy bullicioso, tenía inmensos dientes blancos que mostraba cuando hablaba, su pelo negro y sus grandes ojos que miraban con picardía.

Se acerco a mamá y la besó en la frente, luego a Margarita y a mí.

-Muy bien hijo. -¿Quieren comer ya?

Juan venía muy callado no dijo nada, saludó y siguió para su cuarto.

-¿Qué le pasa a Juan? -preguntó mamá.

-Nada- respondió Jesús.-Lo que pasa es que hoy nos fue regular, pues casi no pudimos vender el café y también se nos magullaron unos racimos de banano que llevábamos.

Además nos querían dar muy poca plata por las naranjas y eso sí que no. Trabajamos duro para venir a regalar nuestras cosechas.

Mi mamá sirvió en una paila de barro arroz, arepa, plátano y una porción de frijoles preparados con zapallo del que cultivamos a pocos metros de nuestra casa y una taza de agua panela con limón.

-¡Me voy acostar! Que descansen. La bendición mamá – dijo Margarita y fue a acostarse.

Mamá y Jesús se retiraron a sus alcobas y todo quedó en silencio. Yo también fui a descansar no sin antes dar gracias a Dios por el día que acababa de terminar.

Capítulo 2

El canto del gallo anunciaba las primeras horas de la mañana y el son de las mirlas y los rayos del sol que se filtraban por la ventana prometían un bello día.

Abrí la ventana, respiré profundamente y vi a Jacinta, la esposa de don Martín, llevando leña para la cocina mientras él la aserraba.

Tomé la toalla y fui a la alberca que estaba cerca del corral, hice mis trenzas, me coloque el delantal y me fui a la cocina que estaba al fondo de la casa. Era un recinto muy grande con cuatro ventanas, tenía pailas, dos molinos, sartenes, mecedores, bateas, canastos, trastes y una mesa con un mantel y seis banquitos, además del pilón y la batea grande donde se hacían las arepas.

Ya don Martín había traído la leche del establo pues teníamos a Sombra y Reina las dos vacas más lecheras de la región. Con su leche hacíamos también queso y mantequilla.

Margarita ya se había ido a estudiar a la escuela La Milagrosa, donde tenía un grupo de compañeras y amigas maravillosas y estaba terminando el quinto de primaria.

Mis hermanos ya se habían marchado para el pueblo.

Terminé de asar unas arepas y me senté a desayunar, serví una taza de chocolate, queso, arepa y calentado de frijoles riquísimos.

Se oyó un ruido.-¿Qué es ese estruendo?- gritó Jacinta.

-Voy averiguar. – Salí de la cocina, llegué al extremo del corredor, pasando el solar húmedo y abrí la cerca del corral.

Allí encontré tres huevos colorados y grandes que había puesto Lupe mi gallina.

-Lupe, Lupe ¿Dónde estás? –dije. Ven, ¡te felicito! ¡Qué lindos huevos! Pepa en cambio estaba paseando con sus ocho pollos por la cespedera. Recogí los huevos, los llevé a la cocina y después fui a traer unas yucas y cilantro para el sancocho. Don Martín fue a traer los plátanos, mientras mamá colocaba la olla en el mesón y Jacinta daba de comer a los pájaros, perros y gallinas del corral.

De repente se oyó el ruido de un carro, que se acercaba a la casa.

Don Martín, dijo: - ¡es un Jeep! por el ruido, lo conozco.

-¡Ave María! qué manera de caberle cosas, por lo menos tres racimos de bananos, dos bultos de café y además unas ocho personas.

_ ¿Quién será? No distingo bien, las matas de la entrada no dejan ver - ¡exclamó mamá!

Al acercarse vi que era don Matías López, el capataz de la hacienda "La Primavera" que estaba a unos kilómetros y era la más linda de la región. Tenía una entrada en forma de arco, un camino que conducía a la casa lleno de piedritas blanqueadas y pinos que iban hasta la puerta principal.

Sus dueños eran don Eusebio Escobar y Magola de Escobar, una familia muy honorable, distinguida y adinerada, personas amables y sencillas que trataban bien a sus trabajadores.

-¡Siga don Matías! ¡Milagro que viene usted por acá! -dijo mamá.

-¡Buenos días doña María Tránsito! ¿Cómo están todos por acá?

-¡Bien gracias! ¿Y los suyos?

-¡Todos bien, gracias!

-¿Toma cafecito? Esta recién hecho, con una arepita y queso fresco.

-¡Ave María! claro que sí, pues. El café que usted hace es el mejor doña María Transito.

- ¡Buenos días don Matías! ¿Qué milagro que viene usted por aquí? –dije.

- ¡Buenos días Lucerito! es milagro ya que ustedes no lo hacen. Orfilia y las muchachas la extrañan mucho; al único que se le ve la cara es a tu hermano Andrés. Me ha estado ayudando con unas cercas para un ganado que va a llegar y como son tantos los peones no puedo dirigirlos yo solo.

- ¿Sólo por eso don Matías?-dije.

¿Y por qué otra cosa iba a ser, muchacha?

Recordaba la primea vez que fui con Andrés a La Primavera. La hija tercera de don Matías, miraba mucho a mi hermano, sonrosada y nerviosa nos brindó una limonada. Comprendía por qué Andrés se amañaba tanto.

-¡Ese muchacho me hace doler la cabeza! Cuando se demora o no llega en la noche sufro mucho. Usted sabe, una como madre piensa que sus hijos están en peligro en todo momento —apuntó mi madre.

-María, no piense eso. Yo tengo una pieza para que Andrés se quede cuando le coge la tarde, pues no me gusta que venga solo por esas veredas, a pesar que su caballo Resorte es el más veloz y seguro que se conoce. Mi visita se debe a que mis patrones van hacer una fiesta para conocer las familias más cercanas.

Yo les comenté que usted era viuda con tres varones y dos mujeres, don Martín y doña Jacinta; que tenían esta casa, que sembraban la tierra con café, plátano, frutas y otras y me preguntó doña Magola si ustedes podían colaborarle en los preparativos y dar aviso a todas las personas.

-¡Claro que sí! -respondió mamá.

-Ella quiere hacer dulce de manjar blanco, natilla, arroz con leche, buñuelos como si fuera Navidad.

-¡Ave María! ¡Qué bueno! Una fiesta y ¿cuándo será? -pregunté.

-El domingo que viene.

-Bueno, menos mal que hay tiempo.

-Si doña María. Además ellos se quieren quedar unos meses para descansar, pues ya están solos. Sus hijos estudian lejos y sus hijas ya se casaron. Me tengo que ir, dígame cuando vengo a llevarlas para que empiecen los preparativos.

-Bueno puede ser esta misma tarde, - dijo mamá.

-Gracias por el café, hasta la tarde, entonces.

Montó en su carro y se perdió en el camino que comunicaba todas las fincas agrícolas y ganaderas de la región, pasando por Palo Bonito, Miranda, Santa Lucia, La Margarita y por último, al cruzar el puente se llegaba a la hacienda la Primavera.

Capítulo 3

Pasaron dos horas y Margarita al llegar de la escuela se puso muy contenta por la noticia y en seguida fue al baúl para sacar el vestido de los domingos para asistir a la misa. Estaba feliz, sería la primera fiesta para ella.

Mis hermanos regresaron pues traían semillas de frijol y necesitaban las herramientas para ir a sembrar.

Nos sentamos a almorzar, oramos y ¡qué delicia! Ese sancocho estaba delicioso. Me hizo sudar no solo a mí, sino a todos. Le comentamos a los muchachos lo de la fiesta.

Era la una de la tarde cuando don Matías llegó por nosotras, y salimos rumbo a La Primavera.

Don Eusebio estaba cortando unos helechos que tenían en el corredor y doña Magola cortaba una rosas rojas bellísimas.

La casa tenía un corredor con gruesos pilares adornados con helechos. En una esquina había una tinaja de barro cocido, sillas de brazos y una mecedora.

-¡Bienvenidos sean ustedes! – exclamó don Eusebio.

-¡Buenas tardes!

-Aquí los presento: don Eusebio, doña Magola, ellas son María Tránsito, Lucerito, Margarita y Jacinta -dijo don Martín.

-¿Cómo les va? dijo doña Magola.

Era una mujer de edad, conservada, muy blanca, robusta y de cabello rubio.

Don Eusebio dejó sus helechos y le dijo a don Matías:

-Llama a Orfilia y las muchachas para estar todos pues debemos empezar a organizar las cosas del domingo.

-Enseguida las llamo, permiso.

Al momento llegaron Orfilia y las muchachas, con cuatro tazas de chocolate, queso y unas galleticas que Juanita había preparado.

Juanita era la hija tercera de Orfilia, tenía grandes ojos, de tez trigueña. Lucía un delantal blanco bordado. Sus otras dos hermanas, Rosa y Carmen, muy silenciosas, saludaron apenas.

-Creo que están enteradas de la fiesta que queremos hacer. Es con el fin de conocer las buenas familias de los alrededores- dijo doña Magola. -¿Conocían ustedes los anteriores dueños de La Primavera?

-Sí, señora, era una familia muy querida. Pocas veces hablé con ellos. En realidad Orfilia y Matías son los que nos visitan, embarcando con ellos los sobrinos. Los niños alegran mucho.

-Intervino mamá.

Dejando los helechos en sus respectivos pilares, don Eusebio se rascó la cabeza, se sentó en una silla como cansado, aunque su apariencia era activa y arrogante.

-Compramos La Primavera para criar y vender ganado, pero también para disfrutarla y compartirla con todos los que quieran venir. Los peones y sus familias están muy contentos con la fiesta, lo tienen bien merecido -siguió don Eusebio.

-Como primera medida habrá que ir al pueblo a comprar algunas vituallas para completar lo que haga falta -dijo doña Magola.

-Yo me encargo de eso, por favor deme la lista y me voy con don Matías aprovechando que pasa cerca del pueblo –dije.

-¿A qué hora es la fiesta?-preguntó Margarita que estaba contemplando las rosas que acababa de cortar doña Magola.

-Es todo el día -contestó don Eusebio.

-Bueno, nosotras dejamos todo listo el sábado y el domingo venimos después de la misa de diez -dijo mamá.

Don Matías estaba listo para salir, tomó su sombrero, se despidió, encendió el jeep. Margarita y Juanita se sentaron atrás y yo adelante.

-Matías, procura no demorarte - pidió Orfilia.

Mamá y Jacinta se quedaron para acabar de hablar sobre lo que se prepararía como plato especial. Mamá era experta en el arroz con leche y natilla; Jacinta en el manjar blanco y Orfilia en los tamales y empanadas.

El viento suave de la tarde golpeaba mi cara y en todo el trayecto al pueblo yo veía las hojas de los árboles desprenderse con su toque mágico. Las flores silvestres de todos los colores adornaban la carretera con una belleza sutil, atrapante.

Al fin llegamos a ese pueblo con calles bordeadas por aceras con piedras. Estacionamos frente a la iglesia colonial cuyas campanas ahora se oían muy débilmente.

La gente andaba de aquí para allá, unos a pie, otros a caballo, unos altos con cabello claro, delgados, otros con pelo negro y nariz aguileña, con su poncho y carriel, las señoras con sus canastos, otras con sus niños en brazos.

Entramos al granero de don Tobías, pasé la lista de compras y nos despachó rápidamente. Después salimos con don Matías rumbo a las fincas cercanas para entregar las invitaciones.

Fue una tarde muy pesada, alcanzamos avisar a todos y cuando don Matías nos dejó en la casa, mamá y Jacinta ya habían llegado. Así acabó una larga jornada.

Capítulo 4

Transcurrieron cinco días con mucho trabajo, pues a las tareas de la casa había que sumar los preparativos en La Primavera.

Al abrir la ventana, me maravilló el firmamento tan vestido de azul.

Como Margarita no iba a la escuela, me ayudó con la limpieza. Mis hermanos llegaron con cuatro racimos de banano y dos de plántanos para vender pues era sábado y en el pueblo era día de mercado.

Mamá preparó un suculento desayuno, masitas de choclo con panela, -¡deliciosas!- tortilla de huevo, chocolate y queso.

Salimos para La Primavera pues teníamos que terminar la comida. Ya se había preparado el manjar blanco, faltaba la natilla y el arroz con leche. Los tamales iban muy adelantados y las empanadas se dejaban para el domingo.

Orfilia preparó un sabroso almuerzo, doña Magola nos comentó de sus viajes, sus hijos y su casa en la capital.

Don Eusebio llamó a Matías y tres peones para arreglar unos asientos de madera con vaqueta en el corredor de la casa, colocaron unas guirnaldas de colores y globos de luz.

Margarita estaba muy feliz y los niños de los peones, a distancia, observaban muy contentos. Se había comprado para ellos bombones y caramelos. Juanita, Rosa y Carmen barrían y trapeaban los corredores.

El tiempo fue pasando muy rápidamente y regresamos antes del anochecer a la casa. Juan, Andrés, Jesús estaban preocupados pues habíamos demorado mucho. Jacinta tenía la cena lista y los muchachos ya habían comido.

Salí al corredor a contemplar la luna, llena, inmensa, y el cielo estrellado. Respiré profundamente ese aire fresco de la noche y me acosté.

Capítulo 5

Al día siguiente el cielo se mostraba despejado y el sol mostraba todo su esplendor. Nos levantamos muy temprano.

Andrés embetunaba sus botas al pie de la escalera del corredor, don Martin ya había ordeñado y se encontraba arreglando una ventana cuyo angeo se había zafado, La casa estaba ordenada y desayunamos.

Jesús, Margarita, Jacinta y yo estábamos listos.

-Bueno vayan los que se marchan para el pueblo, no quiero llegar tarde a la iglesia -dijo mamá.

Estén pendientes del paso del jeep de las nueve – dijo Juan.

Yo no voy a ir, me quedo con don Martín. Que les vaya bien, ¡tráiganme un tamalito! Vamos a tener que hacer algo para el almuerzo.

Llegamos al pueblo con el tiempo preciso para oír la misa de diez. Mamá estaba muy bonita con su vestido azul y blanco y su rebozo color negro.

El cura dio su sermón:

-"Dios es nuestro Pastor, ve a él y nada te faltará".

Después de la misa salimos rumbo a La Primavera. Ya casi todos habían llegado y un grupo de señores con sus guitarras y bandolas tocaban en un extremo del corredor. Nos convidaron con una rica limonada pues el calor era fuerte, mientras los niños jugaban. Las señoras aplaudían al son de la música de cuerda.

Andrés buscó apresuradamente a Juanita. Rosa y Carmen estaban fritando las empanadas.

-¡Atención….atención! se oyó la voz de don Eusebio. ¡Bienvenidos a La Primavera! -Espero que disfruten y pasen un día muy feliz con su familia. ¡Que siga la música! ¡A bailar!

La gente se veía muy contenta, comiendo los manjares que habían preparado mamá, Jacinta y Orfilia.

Al rato se oyó venir un jeep. Eran tres señores con sombrero de fieltro, botas y bien vestidos con su mirada nerviosa entraron a la casa de don Eusebio y poco después se marcharon rápidamente...

Transcurrió el tiempo, yo estaba muy cansada, pero Andrés no se quería venir. ¡Estaba tan enamorado!

Al fin nos fuimos y al llegar encontramos a Juan y don Martín muy preocupados. Apenas entramos Juan casi gritó:

-¿Cómo les fue en la fiesta de ese señor? Tenía su puño cerrado con fuerza y se notaba la rabia que sentía.

-¿Qué pasó, hijo? Por favor no me asustes, don Martin ¡dígame!

- Pues no sé cómo empezar. Lo que pasa, madre, es que vinieron unos señores a medir nuestro terreno, pues tienen unos documentos que los nombran dueños de una parte de nuestra tierra.

-¿Qué estás diciendo Juan? grité... ¿Quién se atreve a apoderarse de nuestra tierra?

-Don Eusebio- contestó don Martín.

-¡Don Eusebio! -exclamé. ¿Ese señor que ofreció la fiesta en su casa?

-Sí. Además las tierras de todos los que asistieron a esa dichosa fiesta.

Jesús no se contuvo y dijo: Yo lo mato a ese.........

-¡Un momento! Explica bien Juan que fue lo que pasó, ¿Por qué reclaman lo que no es de ellos? dije.

-No, no explicaron nada solo que ellos son los dueños y nada más. Que don Eusebio les había vendido La Primavera más el resto de la tierra de los alrededores. Ellos necesitan que les entreguemos rápido, pues iban a comprar mucho ganado, más el que ya venía en camino.

-Mañana mismo visitaremos La Primavera y hablaremos con don Eusebio para que nos explique. -afirmó mamá.

Margarita se soltó a llorar y Jacinta la llevó a su alcoba para consolarla.

-Pues lucharemos contra ellos, no podemos dejar que nos quiten nuestras tierras. No podemos dejarlos. Este campo nos ha visto crecer, reír, llorar, luchar y lo hemos cultivado durante tanto tiempo. ¡Eso jamás! -dije casi llorando.

Fue una larga noche y nadie pudo dormir.

Yo no veía la hora de que amaneciera.

Capítulo 6

Salimos muy temprano para La Primavera. Los perros estaban inquietos y ladraban mucho.

Orfilia y las muchachas recogían los deshechos y se sorprendieron al vernos. Mamá preguntó por Don Eusebio y Orfilia dirigió la mirada, pues don Matías se acercaba en ese momento.

-El señor Eusebio y su señora se marcharon anoche mismo para la capital en una forma muy extraña. – dijo don Matías

-No comprendo pues en la casa aparecieron tres hombres que dicen ser los nuevos dueños, dijo Jesús.

Me mostraron unos papeles – yo no sé nada de eso- y se fueron en los mejores caballos a visitar los potreros -dijo Juan.

Esto es muy raro, -dijo don Matías.

-¡Y eso no es todo! Nos reclaman nuestra tierra -dijo Juan.

De repente apareció Andrés.

-¿Qué pasa? -preguntó

-¿Cómo? ¿No sabes hijo? ¡No ves que nos quieren quitar nuestra tierra!

-Entonces no soñé! pensé que era un sueño - dijo Andrés.

Juan fue hasta la alberca, tomó un mate, lo llenó de agua y se lo echó en la cara a Andrés.

-Despierta Andrés, estás todavía dormido – exclamó Juan.

-Lo que pasa es que anoche después de despedirme de Juanita, me tomé con Marcos unos guarapos en la casita que esta al pie de la pesebrera, tal vez tomé mucho que me quedé dormido.

Casi estaba amaneciendo cuando por allí oí voces.

Se reían y hablaban fuerte.

Decían:

-"Les quitaremos los campos que más tengan siembra,"

Es buena tierra - decía otro.

Mamá le comentó Andrés lo sucedido y este se quedó muy pensativo.

No podíamos creer que don Eusebio nos hubiera engañado tan miserablemente.

¡Dar una fiesta y mucha comida! Era como para llorar.

Sólo don Matías no creía eso de don Eusebio y pensaba que algo le había ocurrido.

-Lo mejor es investigar. Bajaremos hasta el pueblo y llamaremos a la capital, a la casa de don Eusebio para hablar con él.

Que nos explique lo que pasó -dijo don Matías.

-Está bien, yo los acompaño -respondió Juan.

Jesús recorrió los alrededores y nosotras volvimos a casa.

El día se iba muy rápidamente, Juan no aparecía y estábamos preocupadas por la demora. Andrés y Jesús tampoco regresaban.

Nos pusimos a rezar para que se solucionaran las cosas, tomamos café y nos sentamos al pie de la escalera, cuando de pronto llegaron Juan y los muchachos.

-No había nadie en la casa de la capital, ni en el pueblo ni en ninguna parte, parecía que la tierra se los hubiera tragado a don Eusebio y a doña Magola - dijo Juan.

Capítulo 7

Poco menos de dos semanas había pasado y no sabíamos nada de los tres extraños que se hacían pasar por dueños de La Primavera, cuando llego don Matías en el jeep muy apresurado a decirnos que el alcalde del pueblo necesitaba hablar con nosotros, pues él le había comentado el caso y el alcalde lo consideraba muy extraño.

Fuimos inmediatamente a ver al alcalde, que nos interrogó un buen rato y nos dijo que alrededor de seis meses atrás le había llegado un aviso del pueblo del norte.

-¿Y tiene que ver algo con esto señor alcalde? -pregunté.

- Sí. Creo, muchacha, que la denuncia detallaba un robo similar. Robaron mucho café, plátanos, frijol y otras cosas más.

- ¿Y por qué les robaron tanto? ¿Por qué se dejaron robar? -preguntó mamá.

- No dieron parte a las autoridades y los pícaros se volaron.

- Bueno, han pasado menos de dos semanas. ¿Qué será de don Eusebio y doña Magola? ¿Qué les pasaría? -dijo Juan.

Déjenos eso en nuestras manos, los agentes y yo nos haremos cargo. Se le dará el caso al inspector Camilo Correa – dijo el alcalde.

Pasaron diez días. El sol, en su punto más alto, proyectaba su vehemente luz y las mañanas eran muy hermosas pero nuestra preocupación era cada día mayor. Trabajábamos muy inquietos sin tener ninguna noticia, hasta que una tarde llegaron Orfilia y sus hijas.

-¡Buenas tardes tengan ustedes. Les traigo una buena noticia!

- ¿Hable doña Orfilia, que pasa?

-Resulta que encontraron a don Eusebio y doña Magola están en el hospital del pueblo, porque están muy delicados de salud.

-Y los tres ladrones también están? -pregunté.

-¿Y qué tienen?¿Por qué están en el hospital? -preguntó Andrés.

-Los tenían en una cabaña cerca del rio y les daban muy poca comida. Gracias a Dios que no los mataron y ellos quieren que vayamos al hospital.

-Don Eusebio quiere aclarar todo y Matías está con él.

-¿Y los pícaros?- preguntó Margarita

-Están bien encerrados y se los llevarán a la capital para juzgarlos por los delitos cometidos.

Salimos todos hacia el hospital del pueblo. Estábamos felices, reíamos, no podíamos creer lo que había pasado.

Gracias a Dios que a nuestro campo nadie nos lo iba a quitar, nadie iba a pisotear nuestra tierra, era de nosotros y la seguiríamos teniendo.

Llegamos al hospital y don Eusebio y doña Magola se encontraban sentados en el jardín. Sollozando doña Magola nos saludó y don Eusebio dijo:

-Me alegro que todo termine bien y no me culpen de nada para todos esa fiesta fue muy buena con un final muy amargo, pero estoy dispuesto a remediar el daño que esos individuos quisieron causar.

Don Eusebio empezó a contar con lujo de detalles el tiempo que pasó en manos de esos delincuentes que querían adueñarse de La Primavera. Habían sido muchas horas llenas de miedo, hambre e incertidumbre. Preocupado por la salud de Magola - explicó don Eusebio- nos daban agua, pan o alguna porción de maíz, y yo veía que ella no aguantaba más el encierro en esa pequeña casa donde nos tenían, la estaban matando.

Una noche estábamos casi dormidos y el jefe del grupo nos levantó de golpe y me encaró.

-Don Eusebio no hay más plazo o firma los documentos o me veré en la obligación de sacarle la firma como sea.

Magola empezó a llorar y temblaba como una niña pequeña. Estaba aterrorizada y yo no sabía qué hacer- dijo don Eusebio.

Yo veía a mi Magola con la que he compartido casi 50 años de matrimonio tan indefensa y con tanto miedo. Desesperado les propuse que mientras la dejara ir yo le firmaba todo.

-¿Me cree tonto don Eusebio? –dijo el jefe.

¡Cree que voy a dejar ir a su esposa! ¡Firme aquí y después veremos!

Yo me abalancé sobre él, - dijo don Eusebio- pero el individuo sacó su revólver y me puso el caño en la cabeza. Caí al suelo y no supe más hasta el otro día, cuando vi a mi Magola poniéndome unos paños en la frente.

-¿Magola qué pasó?

-¡Te desmayaste Eusebio! ¿Qué vamos a hacer?

-Trataremos de luchar hasta el último momento.

-¿Pero cómo Eusebio? Ellos están armados y nos tienen secuestrados, no sabemos dónde estamos.

-Tranquila Magola con la ayuda de Dios todo va a salir bien. Cerró los ojos y se quedó pensando.

Capítulo 8

Muy cerca de ahí, Camilo Correa investigador e inspector del pueblo que por mucho tiempo se había dedicado a defender, proteger y hacer cumplir la ley, cuando salió de su oficina y leyó toda la denuncia de la desaparición de los Escobar, sospechó enseguida de los "Tres Primos" apodados así porque llevaban ya tiempo de estar intimidando a los buenos habitantes del pueblo y los alrededores. Siempre apoderándose del ganado, el café, y las cosechas que producían las familias de la región.

El inspector Correa empezó la búsqueda con varios policías recorriendo los alrededores, preguntando de finca en finca, todos los pormenores para dar con el paradero de ellos.

Toda la noche recorriendo varios lugares hasta que llegaron a la casita donde se encontraban los Escobar.

De pronto oyeron unas voces conocidas dentro de una casa vieja y el inspector Camilo reconoció las voces de los Primos y así fue como pidiendo refuerzos pudieron cercar el lugar y sin disparar una sola bala pudieron rescatar a los esposos Escobar.

Así acabo el sufrimiento, el miedo de esta maravillosa pareja y todo volvería a ser como antes.

- La Primavera es para compartirla con todos los que viven en el campo -exclamó don Eusebio.

Mi pensamiento se perdió en aquellas palabras, pues era lo que más queríamos, cultivar la tierra que nos vio nacer, esa tierra tan maravillosa que trabajamos día a día, la que compartimos con nuestra familia y amigos. Esa tierra soñada donde queremos vivir en paz, en unión, sin ambición, sin miedo y sobre todo con mucho amor. Ese era nuestro Campo Soñado.

Consuelo Zuluaga

Vocabulario Mi Campo Soñado

Agua de panela: Agua hervida a la que se le pone panela para endulzarla, y se toma como bebida, generalmente en el desayuno.
Es una bebida tradicional y popular colombiana. Se puede servir caliente o fría.

Alberca: Estanque artificial hecho de mampostería.

Amañar: Acostumbrarse, habituarse a la novedad de un ambiente o una actividad.

Arepa: Torta de maíz y manteca, que se sirve rellena de carne u otros ingredientes.

Buñuelos: Masa de harina y agua que se fríe en aceite, esponjándose.

Calentado: Es un desayuno colombiano muy tradicional que se hace con la comida que sobre el día anterior. Se suele acompañar con arepas, huevos, chocolate caliente o café y por lo general se sirve como un buen desayuno los fines de semana.

Carriel: Maletín o bolsa de viaje.

Guarapo: Jugo de la caña dulce exprimida, que por vaporización produce el azúcar.

Macana: Es una especie de palma, crecen en los Andes en Colombia, con esta madera se construyen las chambranas de las casas de la zona cafetera de Colombia.

Magullar: Producir daños en un fruto mediante la acción de golpes.

Manjar blanco: Es un dulce tradicional latinoamericano, que corresponde a una variante caramelizada de la leche.

Natilla: Dulce que se hace con yemas de huevo, leche y azúcar.

Poncho: Prenda de abrigo usada en América del Sur, consistente en una manta con una abertura en el centro para pasar la cabeza.

Rebozo: Manto para cubrirse que usan las mujeres de los pueblos.

Sancocho: Cocido de carne, yuca, plátano y otros ingredientes.

Trastes: Platos o utensilios de la cocina.

Vaqueta: Cuero de ternera, curtido y adobado.

Vituallas: Víveres. Abundancia de comida, y sobre todo de menestra o verdura.

Bibliografía

Libros

Diccionario Enciclopédico Ilustrado Práctico, Grupo Editorial Norma.

Web

Real Academia Española [RAE]

https://www.rae.es

https://yarumoblanco.co/especie-del mes- la Macana

https://es.thefreedictionary.com/magullar

https://forum.wordreference.com/threads/ los-trastes.

Printed in the United States
by Bookmasters

Printed in the United States
By Bookmasters